MW01048232

Les éditions de la courte échelle inc.

Paul Rousseau

Né à Grand-Mère, Paul Rousseau est journaliste au réseau de l'information RDI à Québec. Il est l'auteur de quelques livres pour les adultes, dont le recueil *Micro-Textes*, pour lequel il a obtenu le prix Octave-Crémazie en 1990, et le roman *Yuppie Blues*, qui a reçu une mention spéciale du jury du prix Robert-Cliche en 1993. Pour écrire ses romans jeunesse, il s'inspire des aventures de ses enfants et de leur soixantaine d'amis… à deux et à quatre pattes. *Une panthère dans la litière* est le premier roman pour les jeunes qu'il publie à la courte échelle.

Marc Mongeau

Né à l'Île-du-Prince-Édouard, Marc Mongeau était très jeune lorsqu'il est venu vivre au Québec avec sa famille. Au fil de sa carrière, il a toujours aimé explorer différentes facettes de son métier. Il a illustré de nombreux albums et réalisé des centaines d'illustrations pour plusieurs magazines canadiens et américains. Il a également créé des décors et des marionnettes pour le Théâtre sans fil et le Théâtre de la Dame de Cœur. À la courte échelle, il a illustré l'album *Guillaume Rioux et le poisson orphelin* d'Élise Turcotte, publié dans la série *Il était une fois*.

Paul Rousseau

UNE PANTHÈRE DANS LA LITIÈRE

Illustrations
de Marc Mongeau

la courte échelle
Les éditions de la courte échelle inc.

Les éditions de la courte échelle inc.
5243, boul. Saint-Laurent
Montréal (Québec) H2T 1S4

Conception graphique de la couverture:
Elastik

Conception graphique de l'intérieur:
Derome design inc.

Mise en pages:
Mardigrafe inc.

Révision des textes:
Sophie Sainte-Marie

Dépôt légal, 1er trimestre 2002
Bibliothèque nationale du Québec

La courte échelle reconnaît l'aide financière du gouvernement du
Canada par l'entremise du Programme d'aide au développement de
l'industrie de l'édition pour ses activités d'édition. La courte échelle est
aussi inscrite au programme de subvention globale du Conseil des Arts
du Canada et reçoit l'appui du gouvernement du Québec par
l'intermédiaire de la SODEC.

La courte échelle bénéficie également du Programme de crédit d'impôt
pour l'édition de livres — Gestion SODEC — du gouvernement du
Québec.

Données de catalogage avant publication (Canada)

Rousseau, Paul

   Une panthère dans la litière

   (Roman Jeunesse; RJ108)

   ISBN: 2-89021-564-4

   I. Mongeau, Marc. II. Titre. III. Collection.

PS8585.O853P36 2002   jC843'.54   C2002-940016-3
PS9585.O853P36 2002
PZ23.R68Pa 2002

À Antoine et à Michel

Chapitre I
Le monde à l'envers!

Vous avez déjà vu un chat donner la patte?

Les chiens présentent la patte, pas les chats!

Pourtant, c'est ce qu'a fait Soprano, mon matou noir.

Il s'est avancé vers moi, s'est assis en déroulant sa queue et a tendu la patte comme un vrai chien. J'en ai presque échappé ma cuillère dans mes céréales.

Mon chat est resté ainsi jusqu'à ce que me vienne l'idée de lui serrer la pince. Je me sentais tel un maître remerciant son bon chien-chien.

Ensuite, il a bondi sur le comptoir, s'est étendu sur un coin de mon napperon et a

entrepris de lécher tous les poils de son corps, comme un chat normal.

Qu'est-ce qui lui prend, à Soprano? Un peu plus et il me demandait un os à ronger.

— Papa, est-ce que c'est toi qui as montré à Soprano à donner la patte?

— Hummm?

Ah non! papa a sorti sa collection de timbres! Il en possède des milliers de presque tous les pays du monde. Il en a de la Papouasie-Nouvelle-Guinée, du Swaziland et même du Vanuatu. Dans une heure, il y en aura partout dans le salon: sur le divan, sur le tapis et jusque dans les pots à fleurs.

— Soprano? marmonne mon père, la pincette à timbres entre les dents. Il a dû encore passer la nuit à se bagarrer avec les chats du voisinage.

— Je te dis qu'il a l'air bizarre, notre matou, ce matin.

— Hum… Delphine, ma chouette, combien de fois t'ai-je répété de ne pas parler la bouche pleine? Et fais descendre Soprano de la table avant que ta grande soeur nous fasse une crise.

Trop tard!

Laura nous gratifie d'une des entrées fracassantes dont elle seule a le secret. La cape au vent, le chapeau tropical de travers, voilà Laura l'Exploratrice. Et elle assène un grand coup de son faux fouet en laine à tricoter sur le comptoir, juste entre Soprano et mon bol de céréales.

— Pscht! Allez ouste! sac à puces!

Alors là, il se produit un autre événement extraordinaire. Au lieu de se sauver illico derrière le divan du salon comme d'habitude, Soprano fait d'abord une pirouette. Et pas n'importe laquelle: UNE PIROUETTE ARRIÈRE!

— Qu'est-ce qu'il a, ton chat? Il est tombé sur la tête? se moque Laura.

Mais quelle mouche peut bien avoir piqué mon matou?

— Ses puces le fatiguent? suggère ma grande soeur, narquoise.

— Tu sais parfaitement qu'il n'a pas de puces!

— C'est donc qu'il a reçu un coup de trop sur le crâne.

Je m'apprête à rugir, les poings sur les hanches, lorsque mon père intervient en refermant brusquement son plus gros album de timbres.

— Bon, on se calme, les enfants! J'apprécierais un minimum de tranquillité en cette belle journée de congé! Sinon...

Il faut se méfier des «sinon» de mon père.

S'agit-il d'un «sinon je vous envoie dans vos chambres»? Ou, pire, d'un «sinon je vous envoie RANGER VOS chambres»? Ou, encore plus dramatique, d'un «sinon pas d'école de cirque aujourd'hui»?

Ça, ce serait vraiment moche! On est rendus au cours de monocycle, et c'est pour cette seule raison que je me suis inscrite à l'atelier qui a lieu chaque samedi.

Laura et moi, on cesse de s'agiter. Avant de poursuivre notre querelle, on aimerait savoir quelle punition désagréable nous pend au-dessus de la tête.

— Sinon quoi?

— Sinon, euh… je vous oblige à classer les timbres avec moi!

NON! Tout, mais pas ça!

— J'ai justement reçu un bel arrivage du Liechtenstein, poursuit mon père. Je crois qu'il faudra plusieurs heures pour les cataloguer.

— Ce serait franchement trop sévère! proteste Laura en lançant son chapeau tropical par terre.

— C'est vrai, papa. Ce ne serait pas juste. On ne mérite pas ça.

— Vous voyez, les filles? Vous êtes

d'accord, pour une fois. Tâchez de rester calmes, sinon…

Une profonde inspiration, bon, voilà, je suis calme… Tout pour éviter le… le Lichetoune… enfin, le Lichetounechose. Même Laura se retient de me narguer.

Mon père semble un peu vexé. Il faut réellement être désespéré pour tenter de nous enrôler de force dans la philatélie active.

Moi, en ce moment, c'est le monocycle qui m'intéresse. La nuit, je rêve que je réussis à tenir en équilibre sur cette roue unique.

Et il y a Soprano. J'aimerais savoir ce qui se passe dans la tête de mon matou noir.

Car, pour tout vous dire… il m'inquiète.

Chapitre II
Dans une jungle près de chez vous

J'adore les chats! Qu'ils soient tigrés, rayés ou tachetés, à poils longs ou à poils ras, ils sont tous mes amis. Si je pouvais posséder un chat de chaque race, du plus modeste chat de gouttière jusqu'au magnifique angora, en passant par le mystérieux siamois, je le ferais.

Mais j'ai un faible pour les chats noirs. Leur pelage sombre et soyeux, leurs yeux qui miroitent dans l'ombre me saisissent de ravissement.

Surtout quand il s'agit de mon Soprano. Il est superbe avec son allure racée, sa démarche assurée et son oreille un peu déchirée qui lui donne un air de panthère noire.

Justement, c'est à son allure de félin qu'il doit toutes les excuses que ma soeur Laura vient de lui adresser. C'est qu'elle a un rôle pour lui dans sa nouvelle production.

Laura, son truc, c'est de s'inventer des aventures dont elle est l'héroïne et nous, les personnages secondaires.

Elle a gardé son déguisement d'exploratrice et elle a transformé sa chambre en jungle africaine.

Ses draps suspendus aux montants du lit servent de lianes enchevêtrées. Et toutes les plantes vertes de la maison disposées autour jouent le rôle de cocotiers et de palmiers.

Sur notre minichaîne stéréo tourne le disque de relaxation de mon père, *Forêt vierge*, avec ses bruits ambiants de jungle: cris de singes, chants de perroquets et grésillements d'insectes.

Il ne manque plus que la panthère pour compléter le décor.

— J'aperçois un temple hindou de la deuxième dynastie, s'exclame ma grande soeur. Allons vite l'explorer!

— Mais c'est ton coffre à jouets!

— Delphine! Nous sommes dans une jungle d'Asie, ne l'oublie pas. Je suis la grande exploratrice Laura Livingstone, et toi, tu es Kouboulou, mon porteur.

— Je ne veux pas être porteur. Je ne veux pas m'appeler Kouboulou et, d'abord, qu'est-ce que je devrais porter au juste?

— Le sac contenant ces statuettes très rares.

— Ce sont tes vieilles chaussures!

— Ah! fais un effort, Delphine, gronde Laura.

— D'accord… Récapitulons: ton coffre à jouets est un temple hindou et tes chaussures sont des statuettes. Moi, Kouboulou, je transporte le précieux sac et toi, qu'est-ce que tu fais?

— Moi? Du tranchant de sa machette guatémaltèque, la grande exploratrice Laura…

— Papa n'aimerait sûrement pas que tu frappes ses plantes vertes avec une règle.

— C'est pour que ça fasse plus réel… Où en étais-je? Ah oui! Laura Livingstone réussit à se frayer un chemin dans la jungle très touffue, lorsque son fidèle Kouboulou est attaqué traîtreusement par une panthère noire… J'ai dit «une panthère noire»… Où se cache encore ce sacripant de Soprano? Va le chercher, Delphine.

Le matou s'est abrité sous le lit pour dormir. Je dois m'étendre de tout mon long pour l'attraper. Avez-vous déjà essayé de prendre un chat qui dort? C'est tout mou et ça s'étire comme de la guimauve.

— Pas très menaçante, la panthère, observe Laura.

— Pauvre Soprano, il traîne toute la

nuit dehors, c'est normal qu'il dorme le jour. Regarde-le, il est mort de fatigue.

— Attends! Ça me donne une idée. Passe-moi le matou, ordonne ma soeur. Voilà. Laura l'Exploratrice transporterait la dépouille de cette panthère noire autour de son cou. Elle l'offrirait aux divinités du temple. Impressionnant, non? Si seulement Soprano collaborait.

Soprano en a assez de se faire tripoter par Laura. Il sort les griffes et saute par terre en agitant la queue. Puis, encore un geste extraordinaire, il réalise deux culbutes et se retrouve sur le bord de la fenêtre entrouverte.

— Arrête-le! On va perdre notre panthère!

Je veux bien mais, à force de s'énerver, ma soeur fait tomber les draps qui nous servaient de lianes. J'ai le temps de voir Soprano sauter dans l'allée à côté de notre maison avant que toute la literie me tombe sur la tête.

Les cris de Laura me parviennent, étouffés.

— Reviens, panthère! Euh… Soprano! Ici!

GROOOAARRRR!

Un véritable rugissement lui répond!

Je me précipite hors des couvertures entremêlées, renverse deux plantes et retrouve, au bord de la fenêtre, une Laura affolée, aussi verte que les plantes. Sa voix tremble.

— Là! Une panthère noire!

— Oui, c'est Soprano qui…

— Non, une VRAIE panthère! Elle avançait lentement entre notre maison et celle de notre voisin, M. Guidon.

Je crois que l'imagination débordante de ma grande soeur commence à lui jouer des tours.

— Un dos immense, poursuit Laura, un poil très luisant, des dents longues comme ça.

— C'est le portrait tout craché de Soprano, ça.

Ma soeur arrache sa cape et lance son casque sur le mur.

— Et le rugissement, je l'ai inventé?

C'est vrai, je l'ai entendu, moi aussi. Il s'agissait peut-être d'un vrombissement de moto ou du grondement d'une tondeuse. Nous habitons dans un secteur bruyant, après tout.

— Tu ne me crois pas, hein? s'inquiète Laura.

— Pour tout te dire… une panthère noire qui se balade entre notre maison et celle de M. Guidon, c'est un peu difficile à… euh… pas très… plausible.

— C'est vrai! proteste ma soeur. Je ne suis pas folle!

— Tu as beaucoup d'imagination, Laura, tu le sais.

Mauvaise réponse. Elle me foudroie du regard, claque la porte et sort de la chambre.

Qu'est-ce qui se passe, aujourd'hui? Mon chat est bizarre, ma soeur a des visions et, moi, je vais être en retard à mon cours de monocycle, si ça continue.

Chapitre III
Un mal contagieux

— Papa, est-ce qu'il y a des panthères noires, par ici?

Je me doute de sa réponse. Pourtant, je pose la question en pénétrant dans le salon où mon père démêle toujours ses chers timbres.

— Panthères noires? répète papa. J'ai justement un superbe timbre d'Indonésie représentant une panthère noire des jungles de Java... Attends que je le retrouve...

— Je t'en prie, papa, réponds vite! On va rater notre cours de monocycle.

Surpris, papa jette un coup d'oeil à sa montre, puis s'aperçoit que sa collection est éparpillée à la grandeur du salon.

— Hum! je n'ai pas vu le temps filer. Euh... Quelle était ta question?

— Une panthère noire par ici, est-ce que ça se peut?

— Impossible. On n'en trouve qu'en Afrique et en Asie. C'est une anomalie génétique qui lui donne cette pigmentation, tu le savais? Sinon elle serait tachetée comme les autres.

Pratique parfois d'avoir un père professeur d'écologie au secondaire.

* * *

Tout le long du chemin qui mène au parc, Laura reste renfrognée. Même les clins d'oeil amoureux du grand Renaud Bergeron ne réussissent pas à la faire sourire.

Moi, je discute avec mon ami Charles, qui est dans tous ses états. Il n'a pas revu Magie, sa chatte, depuis deux jours. C'est une jeune chatte rousse, très douce, à la longue queue touffue.

— Ne t'inquiète pas, elle va rentrer. Soprano nous fait le coup tous les mois.

— Il revient toujours?

— Une fois, il a été parti trois jours. Il est réapparu affamé, l'oreille déchirée, mais en pleine forme.

Charles n'est qu'à demi rassuré.

— Ce serait moche d'avoir perdu Magie. Elle est si gentille. Elle commençait à peine à faire des finesses. As-tu déjà vu un chat donner la patte?

J'en tombe presque à la renverse sur le trottoir.

— Comment?

— Sans que je le lui enseigne, en plus, poursuit Charles, tout fier. C'est comme un don, ça lui est venu tout seul…

Je l'interromps:

— Est-ce qu'elle fait des culbutes et des pirouettes arrière?

— Oui! Tu l'as vue faire? Impressionnant, hein? Génial, je dirais.

— Descends de ton nuage, grogne Laura. Soprano a fait exactement pareil, ce matin. On le croyait malade.

— Soprano aussi? Ah bon…

Charles paraît déçu.

— Il n'y a pas que ton chat qui est «génial», tu sais, le nargue ma soeur.

C'est bien ce qui m'inquiète. Qu'un chat tout ce qu'il y a de plus ordinaire se mette tout à coup à faire des prouesses hors du commun, ça surprend! Que DEUX chats du même quartier se comportent ainsi, c'est presque impensable.

— Si tu veux mon avis, Charlot, quelque chose ne tourne pas rond dans les environs.

Mon ami joue avec une mèche de son toupet, un signe de grande réflexion.

— Dis-moi, Delphine… Soprano et Magie sont souvent ensemble. Peut-être que l'un a observé l'autre? C'est possible, ça?

Charles tient là une explication intéressante. Peut-être que mon chat a enseigné ces finesses à sa chatte. Ou vice-versa.

— Voyons donc, Charles! Ça ne se peut pas! Les chats sont trop indépendants, bougonne Laura.

Ma soeur a raison. Les chats sont sans doute les créatures les moins influençables sur terre. Ils font toujours à leur tête, je ne sais pas comment ils pourraient s'enseigner des tours.

Avant que ma raison s'embrouille complètement, je devrais reprendre calmement depuis le début.

1. Soprano fait des pirouettes.

2. Laura croit apercevoir une panthère (peu probable).

3. Magie, qui fait aussi des pitreries, disparaît.

Quel lien peut-il y avoir entre les prouesses des chats et la panthère, si elle existe…

— Delphine! Hou! hou! Réveille! As-tu vu tout ce monde au parc?

Quoi? Oh non! Il y a bien une cinquantaine d'enfants devant l'instructeur. Et je n'aperçois qu'un monocycle, UN SEUL, pour cette imposante foule d'apprentis équilibristes!

Je n'aurai jamais mon tour. Moi qui attendais ce cours depuis des jours.

Laura me tire par le bras pendant que Charles se joint à la file.

— Viens, nous avons mieux à faire! Retournons à la maison en attendant que ça s'éclaircisse un peu ici!

Chapitre IV
La piste s'embrouille

Laura galope presque. J'ai de la difficulté à la suivre. Elle m'entraîne dans l'allée entre notre maison et celle de M. Guidon.

— C'est ce que je pensais. Je n'ai pas eu la berlue. Regarde!

— Quoi?

— Cette empreinte est celle d'une panthère, non?

Je m'approche. La marque qu'elle me montre est effectivement impressionnante et elle est juste sous notre fenêtre. Mais une panthère, franchement…

— Je ne sais pas… c'est peut-être celle d'un gros chien.

— C'est beaucoup plus gros qu'une trace de chien, et ça n'en a pas la forme. Il doit y avoir d'autres pistes semblables. Cherche!

Laura a repris son air décidé habituel. Je crois qu'elle veut en avoir le coeur net. Sa détermination m'embête un peu. Je n'ai pas du tout envie qu'elle ait raison. Juste d'y penser, ça mc donne la chair de poule.

— Déjà revenues, les filles?

Mon père est penché à la fenêtre de la chambre de Laura.

— Vous n'êtes pas au parc?

— Trop de monde, on y retourne tantôt. Je voudrais que tu jettes un coup d'oeil là-dessus, dit Laura. Tu ne trouves pas que ça ressemble à une empreinte de panthère?

Mon père s'incline davantage pour examiner le sol de plus près.

— Hum! il ne faut jamais sauter trop vite aux conclusions, énonce papa après un examen superficiel. En fait, si cette trace paraît imposante, c'est qu'elle est imprimée dans la vase. Regardez là où j'ai marché hier. On dirait des pas de géant. Selon moi, cette empreinte n'est en réalité que celle de notre matou.

De la fenêtre, mon père nous fait un véritable exposé. Je suis impressionnée. Ses

arguments sont pertinents et explique-
raient cette partie du mystère.

Tout bon professeur d'écologie qu'il
est, papa n'a cependant pas réussi à convaincre ma grande soeur.

— Je jure avoir aperçu une panthère ici,
insiste Laura. Elle s'est sauvée du côté
de chez M. Guidon. Et cette empreinte le
prouve!

— Sûrement pas, tranche mon père en se redressant. Parce que ce n'est plus M. Guidon qui habite à côté. Enfin, on ne l'a pas vu depuis fort longtemps. Il me semble que c'est une dame qui demeure là, maintenant. Une dame au nom étrange. Euh... Mme Tartempion, ou quelque chose comme ça.

— C'est impossible, papa, Mme Tartempion.

— Mme Potiron, peut-être.

— Papa, sois sérieux!

— Je l'ai! Mme Coeurdelion. Drôle de nom, hein? Je vous laisse, ajoute mon père. Je dois retourner à mes timbres et aller préparer le repas.

Pauvre M. Guidon. C'était un petit monsieur très gentil, avec une énorme moustache blanche recourbée aux extrémités, toujours en train de se bercer sur son balcon. J'aurais aimé lui dire au revoir.

— M. Guidon ou Mme Coeurdelion, ça ne change rien, marmonne Laura. Je vous jure que j'ai vu une panthère noire ici ce matin et qu'elle allait de ce côté. Et je le prouverai!

Chapitre V
Le fracas des os broyés

Lorsqu'on est finalement retournées au parc, ça ne s'est pas déroulé du tout comme dans mes rêves. Que c'est difficile, le monocycle! Je n'ai pas réussi à garder l'équilibre plus de trois secondes!

Il a fallu que l'instructeur me retienne pour m'empêcher de m'étendre de tout mon long devant les autres. Et je n'ai même pas réussi à faire un tour de piste seule. Quelle déception!

Et, maintenant, le succulent repas que nous promettait mon père s'avère une ca- tastrophe. Il a essayé une nouvelle recette de poulet indonésien. Selon moi, il a dû utiliser les mauvais ingrédients, car ça ne goûte pas très bon.

On fait semblant d'apprécier parce que ce serait triste de gâcher les efforts de papa. Il a même mis une superbe nappe

brodée pour camoufler notre vieille table de pique-nique.

Je sens une légère pression sur ma jambe, puis la caresse d'une douce fourrure.

Je savais que mon matou accourrait: le poulet, c'est son plat favori. Le poulet indonésien aussi?

— Papa, est-ce que je peux offrir du poulet à Soprano?

— Non. Pas de nourriture de table. Tu le sais bien.

La pression se fait plus forte sur ma jambe. Tant pis!

CLAP!

— Qui a donné du poulet à Soprano? J'ai entendu ses mâchoires claquer, vous savez.

— C'est Delphine! répond Laura, en faisant glisser à son tour une cuisse de poulet indonésien sous la table.

On entend maintenant un gros craquement, pareil à une branche qui casse.

Laura retire sa main précipitamment. Ses doigts ne tiennent plus qu'un bout d'os brisé. La cuisse a été arrachée.

— Ma cuisse!

Horrifiée, Laura n'ose pas regarder sous la table.

— Qu'est-ce qui se passe? demande papa.

— Là! s'écrie Laura en grimpant sur le banc. Je viens de la voir bondir chez la nouvelle voisine à travers la haie.

— Qui ça?

— LA PANTHÈRE NOIRE! Elle a surgi de sous la table!

Je ne me suis rendu compte de rien. Mon père non plus.

— Je vous le dis! Elle était là! En chair et en os. Et qui l'a mangée, ma cuisse?

Je soulève lentement un coin de nappe. Soprano me regarde en se pourléchant les babines. Il a tout un appétit, mon matou, mais ça ne doit pas être bon d'avaler tout rond comme ça!

— Hum! je te trouve plutôt agitée, Laura, remarque papa en fronçant les sourcils. Je ne veux plus que tu lises de livres d'aventures avant de te coucher, d'accord? Pendant quelques jours, tu te contenteras de… de contes de fées!

De contes de fées?

Chapitre VI
Une panthère dans la litière

Laura a choisi *La Belle au bois dormant*. C'est notre conte favori. En plus, c'est un grand livre. Grand dans le sens de la longueur et de la largeur. Ça permet à ma soeur aînée de dissimuler les jumelles et l'appareil photo accrochés à son cou.

Même si elle tient le livre à l'envers lorsqu'elle va lui dire bonsoir, papa ne se rend compte de rien. Il faut dire que sa collection de timbres accapare à nouveau toute son attention. On pourrait lui annoncer qu'un vaisseau extraterrestre a atterri dans la salle de bain du deuxième qu'il déclarerait:

— Il me reste quelques timbres à classer. Vous pouvez monter seules?

— Certainement, mon petit papa, minaude Laura en lui collant un baiser sur le front.

— Et range ta chambre, Laura. J'ai cru y apercevoir des plantes renversées. Et tâche d'oublier ces sornettes à propos des panthères.

— D'accord, papa. Bonne nuit!

En passant près de moi, Laura chuchote:

— Je suis là, Delphine! Au moindre bruit suspect, j'accours. Je prouverai que Laura Livingstone n'est pas folle. La grande exploratrice fera taire ses détracteurs.

Je sais bien qu'elle est là. Et puis, notre nom, c'est Valiquette, pas Livingstone... Dans l'escalier, je la vois sortir une lampe de poche de son pantalon de pyjama et la braquer devant elle. Les marches et les murs prennent soudainement des reflets inquiétants.

Elle commence à m'énerver avec ses histoires!

— Tu ramasses tes jouets avant de monter, Delphine?

— C'est déjà fait, papa. Bonne nuit.

— Bonne nuit, ma belle.

Je m'apprête à grimper l'escalier à mon tour, lorsque j'entends un bruit sourd en provenance du sous-sol.

Je tends l'oreille. On dirait un grattement. Comme si on raclait le sol.

J'entrouvre la porte de la cave. Les sons deviennent plus forts et plus clairs.

Suis-je bête! C'est probablement Soprano qui ratisse le fond de sa litière. On dirait que mon imagination me joue des tours, moi aussi. Pas étonnant, avec toutes les inventions de Laura.

BADABOUM!

— Papa!

— Ce n'est rien, ma chouette, j'ai laissé une fenêtre ouverte au sous-sol. Le vent aura fait tomber quelque chose.

Le vent? Quel vent? Je ne vois pas un arbre bouger par la fenêtre du salon. Je trouve ça très étrange. Pas question que j'aille me coucher sans en avoir le coeur net.

Je pose doucement le pied sur la première marche, puis je réussis à descendre les trois suivantes sans les faire craquer. À la cinquième marche, je me penche

pour mieux voir et… Oh non! Laura avait
raison!

— PAPAAAAAAAAAAAAAAAAAAAAAAAAAA!

Je remonte l'escalier de la cave à recu-
lons à vitesse supersonique et me bute à

mon père qui accourait en faisant voler des timbres un peu partout.

— Qu'est-ce que tu as? Tu es donc blême!

— IL Y A UNE PANTHÈRE DANS LA LITIÈRE!

— Toi aussi? Qu'est-ce que vous avez toutes à découvrir des félins dans le coin?

— Non! Je te jure. Je croyais que c'était Soprano, mais je l'ai clairement distinguée. Au moins trois fois plus grosse… complètement noire, avec de grands yeux jaunes. Dès qu'elle m'a aperçue, elle s'est sauvée par la fenêtre ouverte.

— Calme-toi, Delphine…

— Je te le dis! Il y avait une panthère dans la litière!

— C'est sans doute l'ombre de Soprano, explique mon père. Une simple question d'éclairage, quoi. Soprano est dans sa litière, son ombre est sur le mur et euh…

— Et c'est son ombre qui s'est enfuie par la fenêtre, je suppose?

— Un autre effet d'optique, je crois. Tu étais en mouvement. Tu as pensé que l'ombre bougeait. Pour te prouver que ce n'est qu'une illusion, je vais descendre avec toi à la cave.

— Non, papa, c'est trop dangereux!

À cet instant précis, la porte de la cave s'entrouvre avec un grincement sinistre.

— Qu'est-ce que je te disais? VITE, SAUVONS-NOUS!

Alors que je m'apprête à redécoller, l'oreille déchirée de Soprano apparaît par l'entrebâillement, puis sa belle tête noire et le reste de son corps racé.

Il exécute ensuite deux spectaculaires culbutes et se faufile entre mes jambes.

— Je vous l'avais dit! rugit Laura en descendant l'escalier, les jumelles et l'appareil photo encore pendus à son cou. Je n'étais pas folle, hein?

Elle s'approche de moi et me saisit par les épaules en m'éblouissant avec sa lampe de poche qu'elle tient toujours à la main.

— Tu l'as vue, toi aussi?

Je suis incapable de la regarder dans les yeux. Pas seulement à cause du faisceau lumineux. Tantôt, j'aurais juré avoir discerné quelque chose. Cependant, après les explications de papa, je ne suis plus tout à fait sûre...

— Tu l'as aperçue à ton tour! Avoue-le!

— Laura, cesse d'importuner ta soeur! Tes histoires d'exploratrice vont trop loin. Tu fais peur à Delphine. Regarde-la, elle est toute pâle. Elle commence à voir des panthères noires partout.

Laura se tourne vers mon père, les mains sur les hanches, les lèvres serrées. On dirait qu'elle est sur le point d'éclater.

— Bon, déclare mon père, je vais donner un coup de fil au zoo pour vérifier si une de leurs pensionnaires ne s'est pas échappée. Et je vais appeler la police. Si j'ai le temps, et si c'est encore ouvert, je téléphonerai à l'animalerie du coin… et même à l'université. Ça vous irait?

— Merci, papa. Tu es un amour.

— Au lit, maintenant! On reparlera de tout ça demain.

Je me jette à son cou. L'encombrant attirail de ma soeur l'empêche d'être aussi démonstrative.

— Les jumelles et l'appareil photo restent ici, Laura, ordonne papa.

— C'est que… bon, d'accord.

— La lampe de poche également.

— Zut!

Chapitre VII
Un rugissement dans la nuit

Dans mon rêve, je suis la championne incontestée du monocycle. Une équilibriste hors pair que la foule acclame! C'est si facile, le monocycle, en songe. Il suffit de pédaler, de pédaler et de pédaler encore.

En fait, je n'ai jamais pédalé aussi vite. Et je m'essouffle! Qu'est-ce qui m'arrive? L'ambiance se modifie. La foule semble maintenant tendue, inquiète. Je sens une présence dans mon dos, une présence dangereuse. Je suis poursuivie!

Du coin de l'oeil, je distingue une forme sombre qui gagne du terrain. Je n'ose me retourner pour ne pas perdre l'équilibre. J'ai de plus en plus peur. L'ombre se rapproche. Elle me rattrape. Je sens un souffle brûlant sur mon cou!

Un choc énorme sur mon épaule me déséquilibre. En tombant, j'aperçois une immense patte velue qui fond sur moi toutes griffes dehors. Elle me secoue, me secoue, me secoue.

— Delphine, réveille-toi!

Je refais surface dans mon lit, en sueur. Ma lampe de chevet est allumée et Laura me secoue comme si elle voulait m'arracher un bras. Mes couvertures sont tout entortillées autour de mes jambes. Ouf!

— Laura! Tu m'as sauvée. Je faisais un cauchemar. J'étais poursuivie par une…

— Chut! Tu me raconteras ça plus tard. D'abord, réponds-moi. Est-ce que les gens tondent leur gazon, la nuit?

— Quoi?

— Écoute!

Je voudrais bien, mais je ne distingue que ma respiration saccadée et mon coeur qui bat encore très vite. Au bout d'un moment, cependant, je perçois un grognement sourd, puis un deuxième à quelques secondes d'intervalle.

— Ce n'est sûrement pas une moto, dit Laura.

Un autre grognement se fait entendre, suivi d'un claquement sec.

Laura a raison, ce ne peut pas être une moto ni une tondeuse. Pas à cette heure de la nuit. Après ma rencontre dans le sous-sol, j'aurais tendance à croire que ça ressemble beaucoup à un... n'ayons pas peur des mots... à un...

— C'est un rugissement! Delphine, je n'ai pas eu la berlue, ce matin.

Je dois avouer, même si tout ça me semble irréel:

— On dirait, oui. On n'entend pas de la musique, également?

— Tu l'entends, toi aussi? Ça semble provenir de chez M. Guidon.

— Tu veux dire de chez Mme Tartempion, euh... Coeurdelion.

— Tartempion, Coeurdelion… ça n'a aucune importance. À propos, tu ne trouves pas ça bizarre que M. Guidon soit parti sans nous saluer?

— En effet, mais…

— Je veux en avoir le coeur net! Demain matin, on ira explorer chez notre nouvelle voisine.

— Hein?

— Et Laura Livingstone, l'Exploratrice, aura besoin de son fidèle Kouboulou.

Pas encore Laura l'Exploratrice! Lors de sa dernière aventure, le fidèle Kouboulou devait se faire attaquer par une panthère noire. Très peu pour moi, surtout après mon cauchemar.

— Laura, tu te rends compte… et s'il y avait vraiment une panthère dans les parages?

— Laura l'Exploratrice a déjà pensé à tout ça. Ne t'inquiète de rien. Elle a un plan. Toutefois, il lui faut absolument la collaboration de son ami Kouboulou.

C'est justement ce qui m'inquiète!

Chapitre VIII
Laura, Kouboulou
et compagnie

Vous essaierez, vous, de vous rendor-
mir bercés par des sons ressemblant à des
rugissements! C'est ce qui explique que
je ne suis pas dans mon assiette, ce matin.

Ma cuillère semble aussi lourde qu'une
pelle et, quand je croque mes céréales, ma
tête résonne comme si mes mâchoires
étaient un concasseur à minerai.

Malgré tout, Laura, elle, affiche une
forme splendide. Elle est toute pimpante
sous son chapeau tropical. Ah non! J'avais
oublié… Elle a toujours l'intention d'aller
explorer chez la voisine.

— J'ai vraiment fait rire de moi, hier
soir, lance papa en repliant son journal.

L'employée de l'animalerie m'a même rac-croché au nez… Personne n'a signalé aux policiers que des félins s'étaient échappés, et pas un mot à ce sujet dans le journal.

Je ne sais pas pourquoi, mais ça me fait du bien d'entendre ça. On dirait un rayon de soleil dans mon matin gris. Il est donc possible qu'on ait imaginé toutes ces choses. Pourtant…

— J'espère que c'est la dernière fois que j'entends parler de cette panthère, tu as compris, Laura?

Ma grande soeur se contente de sourire. Elle ne semble pas du tout affectée par ces révélations.

— Ah! papa, dit-elle, coquine, j'ai aperçu un album de timbres dans le frigo…

Mon père se précipite vers le réfrigéra-

teur. Dès qu'il a le dos tourné, Laura me chuchote à l'oreille:

— Il y a bel et bien une panthère noire dans les environs. Et je me moque de ce que tout le monde peut affirmer.

Ça recommence. On n'en sortira jamais. J'ai l'impression que mon cauchemar se poursuit.

Mon père revient à la table, radieux, en caressant amoureusement son album retrouvé.

— Merci, ma grande! J'ai cherché cet album presque toute la soirée. Ce que je peux être étourdi, parfois. Au fait, avez-vous croisé Soprano, ce matin? J'ai trouvé son collier dans le congélateur.

Papa est incorrigible! C'est le roi des distraits. Mais il a raison, je n'ai pas vu mon matou, ce matin. Il doit encore être en train de roupiller dans le panier à linge sur le balcon.

— Soprano? Es-tu là, mon matou?

Pas de Soprano dans le panier à linge, ni sous le barbecue, ni ailleurs sur le balcon. Par contre, mon ami Charles est là, à se dandiner.

— Ma chatte Magie n'est toujours pas revenue.

Pauvre Charles! Il a l'air découragé.

— Ne t'inquiète pas. Si ça peut te rassurer, Soprano n'est pas rentré non plus. Il a peut-être suivi une jolie chatte. Peut-être bien Magie. Qui dit qu'ils ne sont pas ensemble?

— C'est bizarre, remarque mon ami, l'écuelle de Magie a été complètement vidée cette nuit. Pourtant, ma chatte n'est pas là.

— C'est la panthère noire! lance Laura à travers la moustiquaire de la porte.

— Qui?

J'entraîne Charles à l'écart.

— Euh… N'écoute pas Laura. Elle prépare encore une de ses aventures.

— Une aventure? Je peux participer?

— Bien sûr, répond Laura en nous re-

joignant sur le balcon avec des airs de princesse. De l'aide pour le fidèle porteur Kouboulou... Il en aura besoin, n'est-ce pas? Et, qui sait, on retrouvera peut-être aussi ta chatte, s'il n'est pas trop tard.

— Tu veux dire que... que Magie pourrait être...

Je lance un regard noir à Laura et j'ajoute:

— Non, non! Elle veut dire... si l'expédition ne débute pas trop tard. Alors? Tu viens avec nous?

Chapitre IX
En territoire dangereux

Ouf! Charles n'y a vu que du feu. Et ça ne le dérange pas du tout de se faire appeler «deuxième porteur» par ma soeur.

Laura Livingstone, l'Exploratrice, a enroulé une longue corde autour de sa ceinture, inséré un marteau dans une ganse de son pantalon et accroché l'appareil photo de mon père à son cou. Son sac à dos contient un paquet de biscuits et une grosse bouteille d'eau, de quoi survivre à une longue expédition.

Le deuxième porteur et moi, Kouboulou, n'avons qu'un article à transporter. Mais il est très lourd et difficile à manier. Il s'agit d'un gros seau de métal, rempli d'eau à ras bord.

Je grommelle:

— Pourquoi doit-on charrier ça? Ça pèse autant qu'un hippopotame. En plus, à chaque pas, on éclabousse nos souliers.

— Réjouissez-vous, réplique Laura. Vous avez l'honneur de porter l'arme secrète!

— Un seau d'eau, une arme secrète? questionne Charles, un peu confus.

— En effet! Les chats détestent l'eau, c'est connu. C'est sûrement la même chose pour les gros félins. Vous n'aurez qu'à lui balancer ça sur la tête.

— Quel gros félin? s'inquiète Charles.

— Laisse faire…

Et, tout bas, à Laura:

— C'est idiot, ton truc. On arrive à peine à soulever le seau. Et si on rate notre coup?

— Je lui cognerai sur la tête avec mon marteau. Ou je l'éblouirai avec le flash de l'appareil photo de papa. Tintin en avait un semblable contre le yéti, au Tibet.

— Un yéti? répète Charles, incrédule.

— Oublie ça… Elle raconte n'importe quoi.

Je voudrais qu'on m'explique pourquoi je me laisse toujours embarquer dans des entreprises sans queue ni tête.

— Bon. Porteurs! Placez-vous de biais pour traverser la haie, ordonne Laura. Ensuite, rampez pour passer sous la vieille clôture de bois.

— Et pour le s… euh… l'arme secrète?

— Vous n'avez qu'à le faire glisser là où une planche est arrachée.

Facile à dire. Je n'aime pas ça du tout! Qui sait ce qui nous guette de l'autre côté? C'est vrai! S'il y a réellement une panthère, elle n'a qu'à nous attendre la gueule grande ouverte et cric, crac, croc. Brrr! Je préfère ne pas y penser.

Laura accroche sa corde autour d'une branche d'arbre qui s'étire au-dessus de nous.

— Qu'est-ce que tu fais?

— Tu le vois bien… Laura Livingstone s'apprête à sauter par-dessus un obstacle réputé jusque-là infranchissable!

— On peut pourtant facilement se faufiler en dessous, c'est toi-même qui nous l'as dit.

— La grande Laura ne passe jamais sous les clôtures de jardin. Elle se déplace plutôt en utilisant les lianes à la manière de Tarzan. Regardez!

Madame l'Exploratrice ne manque pas de courage, mais d'adresse. Si son élan est parfait, son saut n'a pas toute l'altitude voulue. Elle reste accrochée un moment par le fond de culotte à un piquet de clôture avant de basculer de l'autre côté.

Son atterrissage ne se fait pas en douceur si l'on en juge par le fracas qu'il provoque.

— Aïe!

— Ça va, Laura?

— Oooh! Venez vite!

On rampe rapidement sous la clôture, en poussant le seau d'eau devant nous. Laura nous attend, agenouillée.

— Regardez-moi ces traces! Elles sont absolument identiques à celles qu'on a découvertes dans l'allée hier matin, et c'est exactement par ici que je l'ai vue s'enfuir, hier midi. Tout concorde!

— Qui s'est enfui par ici, hier midi? demande Charles, intrigué.

— La panthère noire, voyons! s'exclame Laura.

Je soupire:

— Bon! Autant te l'avouer, Charles. Laura est convaincue qu'une panthère noire se promène dans les environs. Elle prétend l'avoir aperçue deux fois hier. Et moi, peut-être une fois. En plus, on a cru l'entendre rugir cette nuit…

— Une vraie panthère? hésite Charles.

— Aussi haute que toi!

— Ici? Chez M. Guidon?

— Tu n'es pas au courant? M. Guidon n'habite plus là.

— Une autre étrange disparition, si tu veux mon avis, déclare Laura.

— Mon père affirme que c'est une Mme Coeurdelion qui reste là, maintenant.

— Vraiment? Une Mme Cornichon? Avec M. Guidon?

— Ah, laisse tomber…

Mon ami se met tout à coup à trembler comme une feuille.

— La pan… la panthère, c'est… c'est elle qui a mangé Magie?

C'est vrai, je n'avais pas pensé à ça. Et Soprano qui n'est pas rentré ce matin…

— Et elle va nous manger, nous aussi? pleurniche Charles en jetant des regards apeurés aux alentours.

— Pas de panique! Jusqu'à preuve du contraire, cette panthère noire est le fruit de notre imagination. Rien ne permet d'affirmer qu'il est arrivé quelque chose à nos chats. Rien n'indique, non plus, qu'il nous arrivera quoi que ce soit.

Pas mal, mon discours, hein? J'ai presque réussi à le convaincre. N'empêche que je tiens l'anse du seau bien serré dans ma main.

— Kouboulou! Deuxième porteur! appelle Laura, qui s'est avancée plus loin dans la cour.

En contournant un arbuste, on découvre Laura, radieuse, devant une grande cage aux barreaux en métal. Une cage vide, puisque la porte est entrouverte.

Mon coeur se met à battre plus vite.

— Là! s'écrie Charles.

Au fond de la cage trône une pile d'os saignants. Des os à demi rongés. Encore recouverts de lambeaux rouges.

Oh non! Magie! Soprano!

— Stop!

Laura se défait de son sac à dos et, armée de son marteau, pénètre dans la cage.

— Restez ici pour garder les bagages!

Elle est bonne, elle! Je n'ai aucune envie de l'accompagner là-dedans. On ne bougera pas, c'est certain. À moins qu'on ne s'enfuie à toutes jambes.

— Trop gros pour être des os de chats! décrète Laura en retournant un bout d'os sanguinolent.

Je bredouille:

— Pas des os… humains, tout de même?

— Ça ressemble plutôt à des os de bou-
cherie. On distingue clairement la trace de
la scie. Je dirais… probablement des os-
sements de boeuf ou de porc.

— Tu es sûre? demande Charles, légè-
rement encouragé.

Je suggère, en essayant d'arborer un air
brave:

— Si tu veux mon avis, c'est sûrement
une cage à chien.

— On l'aurait entendu japper, riposte
ma soeur en s'extirpant de la cage. Et ces
os ont été grugés récemment. Constate par
toi-même.

Je dois admettre qu'elle a raison.
Charles, lui, s'est remis à trembler. Je dois
le tirer par la manche pour qu'il m'aide à
porter le seau d'eau. Ce n'est surtout pas
le moment de renoncer à notre arme secrète.

— J'ai trouvé une nouvelle piste! lance
Laura, qui poursuit en courant son explo-
ration de la cour.

On la rejoint derrière la cage où sont
empilées plusieurs caisses de bois et des
cuves renversées, peintes de couleurs
vives.

— Regardez!

Sur une des caisses est collée une affiche à demi déchirée.

Ça ressemble à une réclame publicitaire. On n'y distingue plus qu'un bras tenant un fouet. Trois profondes stries défigurent le personnage qui y est représenté. Comme si l'affiche avait été griffée. Griffée?

— Je pense que j'ai entendu du bruit, chuchote mon ami Charles.

Il a raison! On dirait un frottement ou un grattement. Peut-être simplement le vent qui brasse les branches des arbres? Non! Un craquement sec se fait entendre. Ahhh! Ça bouge dans les fourrés près de la clôture.

— Grimpez là-dessus avec l'arme secrète, ordonne Laura. Moi, je prépare le flash de l'appareil photo!

Charles et moi, on bondit sur une des cuves renversées. Le seau ne pèse plus qu'une plume. Soit que la peur multiplie nos forces, soit qu'il ne reste presque plus d'eau dedans.

— Tenez-vous prêts!

Les frottements se rapprochent. On peut distinguer des halètements, maintenant.

Tout à coup, une ombre apparaît dans l'herbe à nos pieds.

— Allez-y!

On met le paquet:

PLAFFF! fait notre eau en atteignant la cible de plein fouet.

FLASH! fait le vieil appareil photo de papa.

BOIING! fait le seau en percutant la victime.

La forme sombre a été stoppée net. Elle reste immobile. Nous constatons qu'elle porte un pantalon brun et une chemise à carreaux. Hein?

Laura soulève lentement le seau.

À travers de longues mèches mouillées qui pendouillent, nous découvrons une paire de lunettes et une pince à timbres

plantée entre deux longs doigts ruisse-
lants.

— Papa!

Oh non! On l'a assommé, ébloui et
presque noyé.

Je lui tapote la joue pour tenter de le
ranimer. Papa ouvre enfin les yeux, mais
les referme aussitôt avec une grimace de
douleur.

— Je ne sais pas ce qui s'est passé. Un
de mes timbres rares s'est envolé par la
fenêtre. Je tentais de le récupérer lorsque
le ciel m'est tombé sur la tête. Aïe! Aïe!

— On peut tout t'expliquer, papa.

— Non, Delphine. Je m'en occupe.

Je laisse Laura relater en détail notre
aventure. Mon père y va de ses com-
mentaires. L'épisode de la cage est agré-
menté d'un: «Tiens, c'est nouveau, ça!»
Lorsqu'il est question de la pile d'os, il
dit: «Excellente déduction, Laura.»

C'est l'affiche qui retient le plus son attention. Même s'il est encore étourdi, il
réussit à se relever pour examiner les mor-
ceaux de papier déchiré.

— On dirait une affiche de cirque.

Puis, après avoir replacé quelques lambeaux, il lit à haute voix:

— «Sarah Coeurdelion et l'Homme guidon.» Et ce dessin… Hum! je vois. Se pourrait-il que…?

— Tu commences à comprendre? jubile Laura.

— C'est possible, en effet, murmure mon père.

Qu'est-ce qui est possible? Qu'est-ce qu'il faut comprendre?

En plus, j'aperçois un écureuil bizarre sur le fil électrique. Il marche sur ses pattes de devant. Sur un fil électrique? Je pensais avoir tout vu!

Le petit rongeur se déplace de cette manière extraordinaire jusqu'à la maison de Mme Coeurdelion. Grâce à une dernière pirouette, il entre par une fenêtre du deuxième étage.

— Entends-tu cette musique, Delphine? demande Laura. La même que la nuit dernière!

— Allons-y! lance mon père. Je crois qu'il serait temps de rencontrer notre nouvelle voisine.

Chapitre X
Dans la fosse aux lions

Laura appuie trois fois sur la sonnette de la porte arrière, pendant que je demande à mon père:

— Est-ce que tu l'as déjà rencontrée, Mme Coeurdelion?

— Une fois, lorsqu'elle a emménagé, il y a quelques semaines. C'est une femme assez normale, d'un âge moyen, cheveux bruns ou plutôt châtains, je pense…

Pas très précis, ça. Papa, à part les timbres et l'écologie, il ne prête pas attention à grand-chose.

Au tour de mon père de sonner.

— C'est bizarre, on ne la voit jamais.

— Peut-être qu'elle sort surtout la nuit, comme les vampires, suggère Charles en frissonnant.

La porte s'entrouvre avec un grince-ment. On entend une musique qui res-semble à de l'orgue. C'est lugubre.

On recule tous d'un pas pour décou-vrir... une petite ombre velue à l'oreille déchirée.

— Soprano!

Mon matou frotte ses moustaches sur mes mollets. Je le prends dans mes bras.

— Qu'est-ce que tu fabriques chez Mme Coeurdelion, mon beau?

Soprano bondit par terre et retourne à l'intérieur. On dirait qu'il veut qu'on le suive. C'est possible, ça, de la part d'un chat?

— On y va! lance Laura en calant son casque tropical sur son crâne.

Mon père hésite:

— Je crois qu'on n'a pas le choix, en effet. Allons-y.

Nous pénétrons, un peu mal à l'aise, dans la maison. L'intérieur est assez vieillot et les meubles paraissent poussié-reux. Tous les rideaux sont tirés et il fait plutôt sombre. Une odeur âcre flotte dans l'air.

Soprano nous guide jusqu'à l'entrée du sous-sol, d'où la musique monte avec force. Normal qu'on ne nous ait pas répondu, avec tout ce boucan.

GROAAAAAR!

Le sang se glace dans mes veines quand j'entends ce rugissement d'une puissance considérable. La panthère doit être tout près.

C'est trop pour Charles, qui tente de s'enfuir à toutes jambes.

En essayant de le retenir, je trébuche sur le pied que mon père s'apprêtait à poser sur la première marche de l'escalier du sous-sol. Et, puisque Laura nous poussait vers l'avant, on perd tous l'équilibre.

Résultat: après une brève et brutale dé-
gringolade dans l'escalier, on se retrouve
en tas sur le sol dur et froid de la cave.

Lorsque je relève la tête, elle est là!
Toute noire, la gueule grande ouverte à
quelques centimètres de mon visage…
prête à m'avaler en une seule bouchée!

Chapitre XI
Les mordus de l'arène

Un fouet claque.

La panthère bondit.

— Entrez, mesdames! Entrez, messieurs! Le spectacle allait justement commencer!

— Oooh!

On reste complètement ébahis devant la scène qui s'offre à nous. Imaginez…

La panthère noire, une vraie de vraie, aussi haute que Charles et longue comme mon vélo, grimpe sur un gros tabouret. Sur deux autres tabourets plus petits se trouvent Soprano et…

— Magie! s'exclame Charles.

La petite chatte de mon copain agite sa queue touffue.

Un autre coup de fouet et les trois félins présentent la patte en même temps.

Une grande dame blonde, vêtue d'un maillot aux paillettes d'un bleu chatoyant, s'avance majestueusement vers le centre de la piste, un tapis tressé éclairé par un projecteur de jardin.

— Et voici le clou de la soirée: l'extraordinaire… l'unique… la grande dompteuse Sarah Coeurdelion! lance un haut-parleur sur lequel est assis… M. Guidon! Décidément, on va de surprise en surprise.

La grande dame blonde fait de nouveau claquer son fouet. Elle le manie avec adresse, le fait siffler aux oreilles de la panthère pour l'obliger à bondir d'un tabouret à l'autre, à se rouler par terre et à sauter dans un cerceau. Mon matou et la chatte de Charles l'imitent toujours.

Le spectacle se termine sur un tableau touchant. Soprano et Magie grimpent sur le dos de la panthère noire et, surgissant de nulle part, le petit écureuil acrobate vient se jucher sur la grosse tête du félin.

Laura est la première à crier: «Bravo!» On applaudit à tout rompre.

La dame à la somptueuse chevelure blonde salue avec grandeur. Je taquine mon père:

— Exactement telle que tu nous l'avais décrite, n'est-ce pas?

— Je ne l'avais qu'entrevue par la fenêtre, la dernière fois que j'ai sorti ma collection de timbres…

— Papa, tu es incorrigible. Et M. Guidon? Tu disais qu'il n'habitait plus ici?

La musique se tait au moment même où je pose ma question.

— J'habite encore ici, mais je ne sors plus, déclare M. Guidon en s'avançant vers nous. C'est parce que j'aide Sarah à répéter son numéro. Permettez-moi de vous la présenter.

La dompteuse de lions s'incline respectueusement en repliant son fouet.

— Voici Sarah Coeurdelion. Une artiste de la scène, comme moi.

M. Guidon? Un artiste de la scène? Tout chez lui paraît chétif, à part son immense moustache blanche aux extrémités recourbées.

— Le cirque où elle travaillait l'a congédiée, il y a un mois. On la trouvait trop vieille, comme moi il y a dix ans. Pourtant, il n'y a pas de meilleure dresseuse. Je pense qu'elle réussirait à enseigner à un singe à ne plus faire de grimaces.

— Marcel exagère! Les félins sont ma spécialité, précise Mme Coeurdelion. Je travaille avec les lions, les tigres et les panthères depuis que j'ai onze ans.

— Exactement mon âge, s'empresse d'ajouter Laura.

— Tout à fait. C'est pour cette raison qu'il a été si difficile pour moi de cesser brutalement d'entraîner mes lions. Heureusement, il me restait Négra, ma panthère de Java...

En entendant prononcer son nom, la panthère se couche aux pieds de la dompteuse, qui lui répond par une caresse sur le front.

— Vous pouvez la flatter. N'ayez pas peur. Elle est inoffensive. Et très vieille. Regardez tous ces poils blancs sur son museau, c'est un signe de grand âge. Il lui manque quelques dents et elle court rarement, désormais. Dire que lorsque je l'ai recueillie, elle n'était pas plus grosse que cette petite chatte.

— C'est vrai? s'exclame Charles, tout fier, en avançant sa main pour caresser la panthère.

— Maintenant, elle est trop vieille, comme Marcel et moi. Ah! heureusement que le hasard m'a fait rencontrer Marcel. On s'entendait bien à l'époque…

— On s'entend encore mieux aujourd'hui, l'interrompt M. Guidon.

— C'est vrai, poursuit Mme Coeurdelion en passant son bras puissant autour des frêles épaules de M. Guidon. Tu m'as offert la possibilité d'emménager chez toi avec quelques accessoires et ma chère Négra, et de continuer à pratiquer mon art. Je t'en serai toujours reconnaissante.

Ça fait tout drôle de voir cette grande femme enlacer un si petit monsieur.

— J'ai l'impression d'avoir rajeuni. J'en avais assez de me bercer tout seul. Sarah a donné un nouveau sens à ma vie, déclare M. Guidon.

— Nous ne sommes que deux vieillards s'amusant à faire revivre le passé glorieux…

GRRRRR!

— … J'oubliais Négra. Avec elle, nous sommes trois vieillards, corrige la grande dame en tapotant la tête de sa panthère.

M. Guidon devient soudainement sérieux.

— J'avais peur qu'un jour quelqu'un découvre la présence de la panthère. C'est fait! J'imagine que vous allez nous dénoncer. On nous forcera sans doute à la confier à la Société protectrice des animaux.

— Négra! s'émeut Mme Coeurdelion.

— Sois brave, Sarah! murmure M. Guidon.

Je m'écrie:

— NON! Ne vous en faites pas! On l'adore déjà, votre panthère! Elle est maintenant la meilleure amie de Soprano et de Magie. Ensemble, ils ont appris plein de trucs. Pas question de vous dénoncer, hein, papa?

— Je ne sais pas, dit mon père. Je ne crois pas qu'une panthère noire entre dans la catégorie des animaux de compagnie… Peut-être bien que le zoo la prendrait?

— Oh, ma pauvre Négra! se lamente Mme Coeurdelion en étreignant sa panthère.

Chapitre XII
Mon père, ce héros

— Papa! Tu es bien cruel!

— Delphine… proteste faiblement mon père.

— Attendez! lance Laura. Pourquoi ne deviendriez-vous pas instructeurs aux ateliers de cirque du samedi? Vous pourriez donner un cours de dressage de félins. Tous nos amis du quartier seraient enchantés! En plus, je pourrais apprendre à manier un vrai fouet. Ça me changerait de mon fouet en laine à tricoter.

— Des ateliers de cirque? Ici? demande Mme Coeurdelion.

— Oui, au parc, juste au coin. Hier, on a eu un cours de monocycle! J'ai été très mauvaise.

— Tu as dit «monocycle», jeune Delphine?

— Oui. Pourquoi?

— Un appareil tel que celui-ci? poursuit M. Guidon.

Il montre du doigt un superbe monocycle chromé, accroché au mur parmi une série de vélos aussi bizarres les uns que les autres.

— C'était ma spécialité, le monocycle. Il n'y a rien que je ne pouvais faire sur une ou deux roues. D'où mon nom de scène: M. Guidon, que j'ai gardé.

Je jubile:

— C'est... formidable! Vous pourriez donner des cours de monocycle!

— Bien sûr, si on veut encore d'un vieux comme moi.

— Je suis prête à commencer mes cours tout de suite!

— Moi aussi, enchaîne Laura.

— Quand vous voudrez, mesdemoiselles, répond M. Guidon, flatté.

— Et la panthère? s'inquiète Charles. Est-ce qu'elle pourra demeurer ici? Avec Mme Coeurdelion et M. Guidon?

M. Guidon baisse la tête. Mme Coeurdelion le contemple, les yeux pleins d'eau.

— C'est ça, le problème, dit-elle, dépitée.

— J'y pense! s'écrie mon père. Je pourrais proposer à la commission scolaire un volet sur la panthère noire pour mon cours sur la zoologie. Vous pourriez certainement obtenir la permission de tenir une ménagerie et garder Négra, à condition qu'elle soit toujours en laisse.

M. Guidon et Mme Coeurdelion se regardent. Ils n'osent pas encore se réjouir.

— Ce serait chic de votre part, dit notre voisin.

— Pourquoi pas! Ça amusera les enfants, et moi aussi.

Je saute au cou de mon père:

— Bravo, papa!

— Ouiii! hurle Laura.

M. Guidon et Mme Coeurdelion s'embrassent en retenant leurs larmes.

— Je pose une condition, cependant...

Les conditions de mon père, c'est comme ses «sinon». Il faut s'en méfier.

— Dans ce volet sur la panthère noire de Java, il faudra sans doute incorporer des éléments visuels, des dessins, des photos et pourquoi pas… des TIMBRES. J'en possède justement un superbe en provenance de l'Indonésie…

Ouf!

Incorrigible, mon père!

Table des matières

Chapitre I
Le monde à l'envers!... 9

Chapitre II
Dans une jungle près de chez vous 17

Chapitre III
Un mal contagieux 25

Chapitre IV
La piste s'embrouille... 33

Chapitre V
Le fracas des os broyés 39

Chapitre VI
Une panthère dans la litière............................... 45

Chapitre VII
Un rugissement dans la nuit............................... 53

Chapitre VIII
Laura, Kouboulou et compagnie..................... 59

Chapitre IX
En territoire dangereux 65

Chapitre X
Dans la fosse aux lions...................................... 79

Chapitre XI
Les mordus de l'arène....................................... 83

Chapitre XII
Mon père, ce héros... 91

Achevé d'imprimer
sur les presses de Litho Acme inc.